*À mes fils et mes frères.*
*Merci à Émilien pour le graff.*

*Occitanie Livre & Lecture a accompagné l'auteur de cet ouvrage par une bourse d'écriture (financement Région Occitanie, DRAC Occitanie)*


*Loi n° 49.956 du 16 juillet 1949 sur les publications destinées à la jeunesse : février 2021*
*Dépôt légal : février 2021*
*Imprimé en France par Aubin Imprimeur à Ligugé*

ISBN 978-2-211-30752-9

Claire Garralon

# SILENCIEUSE

*l'école des loisirs*
11, rue de Sèvres, Paris 6e

## 1
## La tarte aux prunes de janvier

– Voilà : j'ai décidé que nous allions déménager !

C'est tombé comme un couperet. Personne ne s'y attendait, pas nous en tout cas. Nous, c'est mes frères, la tortue, le chat et moi. Maman, vu que c'est elle qui nous l'annonçait, le savait déjà.

– Déménager ? Pourquoi ? On est bien ici ! Et pour aller où ?... Mais réponds !... C'est toujours pareil, tu nous dis rien, t'en as rien à faire de nous ! On veut pas partir ! Tu veux aller où ?...

Lui, c'est Joseph, mon frère aîné, 16 ans, il est en seconde et bleu canard.

J'ai attribué des couleurs à toute la famille, comme le jeu « si c'était », et Joseph, si c'était une couleur, ce serait le bleu canard, entre le vert et le bleu, comme l'océan. Il est grand, cheveux bruns, les yeux noisette, et il court tous les soirs avant de manger. « Maman, on mange dans combien de temps ? » « Je ne sais pas, vingt minutes… » « OK, je serai là, je vais courir. »

Paul, le cadet, a marmonné :

– OK, vas-y, fais péter le déménagement, fait chier !…

La tortue hibernait dans la cour et le chat somnolait sur le canapé à côté du coussin bleu. Pas dessus, mais à côté, toujours.

Moi, je n'ai rien dit parce que je ne dis rien, jamais. Mutique, ils ont dit, ça peut revenir, tout fonctionne, mes cordes vocales, tout ça, il faut du temps. Joseph m'avait expliqué que ça venait du latin *mutus* qui voulait dire muet. « T'es une sans-parole, sœurette ! C'est classe, non ? » Joseph positive et trouve des solutions à tout. Il réfléchit beaucoup et sa pensée va vite, comme lui quand il court.

Paul n'a jamais trouvé ça classe que je ne parle pas, ça lui fait de la peine, mais il est sûr que ça va revenir, alors il attend. Paul est différent de Joseph, de taille normale, les cheveux ondulés mi-longs et blonds, les yeux vert anis comme ceux de maman et des taches de rousseur. Il dessine tout le temps et sa couleur, c'est orange mandarine. J'aime l'odeur de ce fruit et celle de Paul aussi. Il a 12 ans, exactement vingt-deux mois de plus que moi, et il est en cinquième.

Maman, sa couleur, c'est jaune paille parce qu'un jour elle s'est fabriqué une robe de cette couleur et avec le roux de ses cheveux qui tombaient dessus, c'était lumineux, un accord parfait.

Elle a continué :

– Écoutez, vous êtes de plus en plus grands, je travaille à Bordeaux, j'en ai marre de faire des allers-retours, alors j'ai pensé que ce serait mieux d'y habiter.

– À Bordeaux ?! a hurlé Joseph.

Il est vraiment heureux depuis qu'on vit ici, à Lacanau, un petit village tranquille à l'ouest de Bordeaux.

Il aime l'océan, le grand air, les saisons qui changent le paysage. Enfin, je pense que c'est ça, parce que lui, il continue et crie encore :

– Mais on n'a rien à faire à Bordeaux ! C'est la ville ! Pourquoi on irait là-bas, hein ?! C'est toujours toi qui décides et nous, tu ne nous demandes jamais rien !

Joseph, il s'énerve vite, il est soupe au lait, c'est maman qui le dit. Soupe au lait, ça veut dire que quand il est chaud il déborde, exactement comme le lait qui bout et déborde de la casserole et après c'est fini.

Donc Joseph était chaud à l'idée de déménager et il débordait.

Paul m'a lancé un regard violet comme à chaque fois qu'il se passe quelque chose d'important et que, bien sûr, je ne réagis pas, puisque pour lui il est incontestable qu'un jour je réagirai, qu'à un moment, le premier d'une longue série, je parlerai, enfin. Les regards violets, il n'y a que lui qui m'en lance. Il a l'œil rouge de colère avec un peu de bleu dedans pour l'espoir infiniment grand qu'il y met.

Il est remonté dans sa chambre où il dessinait depuis trois heures de l'après-midi. Maman l'a regardé disparaître dans l'escalier. Il était dix-neuf heures vingt, on allait bientôt manger.

– Bon, Joseph, va courir, on en reparle après…

Maman, quand elle ne sait plus quoi dire, elle fait ça, elle commence sa phrase par « bon » et elle raconte ce qui se passe sur le moment autour d'elle. Elle aurait pu tout aussi bien dire « Bon, je range mon sac et je vais faire la tarte… », sauf qu'elle personnalise, alors ça donne : « Bon, Silencieuse (ou Joseph, ou Paul ou les enfants), je range mon sac et je vais faire la tarte… »

Silencieuse, c'est mon surnom, comme un nom d'Indien.

J'étais assise sur le canapé, je caressais le chat. Maman m'a regardée avec un petit sourire.

– Ça te plaît, cette idée, Silencieuse, hein ?… Oui, je suis sûre que oui !

C'est ça qui était bien avec maman – elle était sûre. Elle a filé dans la cuisine préparer le repas en chantonnant. Ses certitudes me surprenaient toujours, comme des évidences contre lesquelles il n'y avait rien à dire. Je ne savais pas si l'idée me plaisait, elle ne signifiait surtout pas grand-chose.

Déménager. « On habite cette maison depuis toujours, c'est notre maison », je me répétais. Je ne voulais rien d'autre.

– Alice !

Paul m'appelle, je le rejoins dans sa chambre. Il me tend un papier et un crayon et me demande :

– T'en penses quoi, toi, du déménagement ?

« Rien » j'écris.

Quand Joseph est rentré, on s'est mis à table, mais ils n'en ont pas reparlé. Maman a juste dit que c'était une idée, qu'on devait y réfléchir, que ça pouvait être bien et qu'elle était sûre de pouvoir trouver une jolie maison pour nous quatre.

– Une maison ou un appartement, hein ? Pourquoi pas un appartement ?!...

Joseph la regardait avec la bouche et les yeux écarquillés, le morceau de fromage qu'il avait dans la main suspendu entre son assiette et ses lèvres, et Paul la fusillait de ses yeux rouges.

– Bon, les enfants, finissons le fromage et mangeons le dessert, j'ai fait une tarte aux prunes !

Et elle a ri comme si c'était une bonne blague. On était début janvier, la température était douce, mais ce soir-là, quand je me suis couchée, j'avais bizarrement froid dans le dos, j'ai demandé une bouillotte à maman pour me réchauffer.

Je ne savais pas qu'il ne nous restait que six mois à vivre dans notre maison.

# 2
# Les kiwis de l'hiver bombardé

J'avais un peu plus de 4 ans, on mangeait tous les cinq dans la cuisine-salon, papa, maman, Joseph, Paul et moi. On l'appelait cuisine-salon parce que la pièce était grande, avec un coin cuisine et un coin salon. Je crois que c'était l'hiver, ou alors il faisait simplement froid, il y avait du feu dans la grande cheminée. On était en pyjama, tous les trois le même, marron comme des oursons disait maman. On aimait être là, dans cette pièce, autour de cette table, avec le feu qui crépitait et les odeurs de cuisine. Papa était cuisinier et ce qu'il préparait était toujours bon, les soupes, les plats, les desserts, même les escargots, on aimait ! Il faut dire que, les escargots, on allait les chercher quand il pleuvait. On partait ensemble sous la pluie avec nos bottes en caoutchouc et on ramassait les plus gros qu'on trouvait, les escargots adultes. Joseph me disait de ramasser les papas et les mamans.

– Surtout pas les petits comme toi, hein sœurette ?!… Et pas leurs grands frères non plus !

Des fois on chantait en chœur la chanson de l'escargot.

« Petit escargot porte sur son dos sa maisonnette, aussitôt qu'il pleut, il se sent joyeux et sort sa tête ! »

Mes frères finissaient par chanter n'importe quoi en faisant les imbéciles et moi je riais. On trouvait toujours beaucoup d'escargots ; on les mettait dans un sac et ils grimpaient les uns sur les autres, il y en avait qui voulaient s'échapper, il fallait les surveiller. Quand on rentrait, papa les mettait dans une cage grillagée pour les faire jeûner. Ensuite ils bavaient et c'était dégoûtant, mais ça faisait rire Paul et Joseph, alors moi aussi. À partir de là, je ne sais plus comment faisait papa pour les cuisiner, mais c'était bon.

Je pense que c'est pour ça que j'aime la pluie, pour ces chasses à l'escargot en famille. Rester sous la pluie et sentir la douceur des gouttes sur la peau, c'est délicieux.

Ce soir-là, autour de la table de la cuisine-salon, les parents ont dit qu'ils avaient quelque chose à nous annoncer. Ils étaient bizarres, comme au bord d'un précipice, ils semblaient avoir peur, mais ils ont continué, ensemble, comme si quelqu'un les poussait et qu'ils se laissaient faire.

– On va se séparer.

– Papa et moi…

– Maman et moi… on va se séparer…

J'étais installée sur une chaise haute, j'enlevais consciencieusement les graines noires de mon kiwi, Joseph et Paul mangeaient les leurs, assis sur les chaises en paille, face à moi. Papa et maman s'asseyaient toujours chacun de chaque côté de la table, face à face. C'était nos places, c'était parfait. Tout était tranquille comme un dimanche soir, je me souviens, il était sûrement l'heure pile parce que l'horloge avait sonné, peut-être vingt heures, on se souriait et c'était le dessert, le moment doux et sucré.

« On va se séparer. » « Maman et moi... Papa et moi... on va se séparer... »

Ils venaient de nous bombarder.

Les trois kiwis ont été détruits en même temps, trois explosions distinctes.

D'abord celui de Joseph, doucement, une inévitable chute au ralenti. Son regard s'est empli de tristesse et de résignation, les deux ensembles, mêlées.

Le kiwi de Paul a été pulvérisé et lui avec, en morceaux, en larmes, instantanément.

Le mien s'est écrasé dans ma main, sa chair a glissé entre mes doigts, c'était bizarrement doux, et tout s'est effondré, tout a coulé vers le fond du précipice, la table, les chaises et nous et nos vies, engloutis.

Paul pleurait, Joseph se taisait, je les regardais. Je ne comprenais pas que quelque chose d'irrémédiable se passait et nos parents assistaient à notre effondrement, hébétés.

Papa a fini par prendre Paul sur ses genoux, par l'entourer de ses bras pour qu'il se calme en disant que tout irait bien.

– Ça va aller… Calme-toi, on est là, on le sera toujours…

Il a menti, il n'a plus été là.

## 3
## La citrouille de février

Maman nous élève seule. Ça fait six ans maintenant. Papa a disparu quelque temps après le bombardement.

« Il est loin et nous manque », c'est ce qu'on devrait dire, mais on ne le dit pas parce qu'on ne sait pas s'il nous manque, on n'y pense plus.

Au début, maman nous a dit qu'il était parti en Ouganda pour une mission humanitaire. On l'imaginait en train de cuisiner des plats africains qu'on inventait, des cuisses de girafe aux feuilles de baobab, du fennec farci au jus d'ananas ou de la soupe de babouin à la banane et au gombo.

Il devait inventer des tas de nouveaux plats incroyables, ça nous faisait rêver. Au début, je me disais qu'il ne trouverait plus d'escargots, je me demandais s'il y en avait, des escargots, là-bas, peut-être que oui, mais tout noirs et tout secs, grillés par le soleil. Au début, on se posait plein de questions sur papa, et puis de moins en moins, et puis plus du tout.

On reçoit une carte ou une lettre une ou deux fois par an, histoire qu'on ne l'oublie pas.

Parfois, on aimerait l'oublier tout à fait.

J'avais presque 5 ans quand il est parti, je ne disais déjà pas grand-chose, mais c'est là que je me suis arrêtée de parler.

J'ai peut-être pensé que les mots n'avaient pas de sens, qu'ils n'étaient pas utiles et que le silence était plus fiable. Je me demande à quoi ça sert de dire «je t'aime pour la vie» et de le jurer devant Dieu et monsieur le maire si après on se quitte? Et puis, à quoi ça sert de demander «allez, prête-moi cinq euros, petite sœur, je te les rends demain» si Joseph ne me rend jamais ce qu'il me doit ? À quoi ça sert d'annoncer « Alice, je vais chez le coiffeur, écris-le à maman » si Paul ne va pas chez le coiffeur mais jouer chez son copain ? Parfois Paul est idiot, « je vais chez le coiffeur » et il revient avec les mêmes cheveux, rien, pas une mèche différente, pas un centimètre de moins, rien. Quand il rentre, il explique que je n'ai rien compris, qu'évidemment il n'a jamais dit qu'il allait chez le coiffeur, que je raconte toujours n'importe quoi. C'est pratique d'avoir une sœur silencieuse. Je ne parle pas, mais j'écris, je dessine, je danse avec mes mains. Je comprends tout mais je n'ai pas de son dans ma bouche, que de l'air. Je ne pleure pas, je ne ris pas, je suis silencieuse.

Depuis l'annonce du déménagement, les choses ont changé.

Joseph court toujours tous les soirs, et il commence à se faire à l'idée qu'il continuerait à courir, soit au Jardin des plantes, soit le long de la Garonne à Bordeaux. Il faut dire qu'il va déjà tous les jours de la semaine à Bordeaux pour son lycée, alors ça lui simplifierait la vie d'y habiter, et il pourrait voir ses copains le mercredi et le week-end plus facilement. Je trouve qu'il a vite changé d'avis, il est devenu docile à l'idée de déménager, il a toujours un temps d'avance sur nous, Joseph.

Maman est contente que son grand soit d'accord avec elle.

– Vous voyez, Joseph trouve aussi que ce sera plus simple d'habiter à Bordeaux ; quand vous serez au lycée, vous comprendrez ! Et on va trouver un bel appartement, j'en suis sûre !

Encore une certitude. Et maintenant, vu les prix des loyers – on sait qu'on n'habitera plus une maison comme la nôtre, ça coûterait trop cher –, elle cherchait un appartement.

Notre maison, je l'aime bien. Elle est grande, un rez-de-chaussée et un étage avec un grand escalier en pierre qui relie les deux. À l'étage il y a nos chambres, celle des garçons, ils partagent la même, la mienne et celle de maman. Il y a aussi une salle d'eau et la porte citrouille. On l'appelle comme ça parce qu'il y a un panneau dessus avec écrit « CITROUILLE ! » C'est la porte qui mène au grenier. Une fois, on se chamaillait avec Paul, il disait que j'avais la trouille de monter au grenier et il a écrit sur un papier « TROUILLE ! » Quand il a eu le dos tourné, j'ai rajouté « CI » devant et je l'ai punaisé sur la porte. On l'a laissé. Paul avait raison, et j'ai toujours la frousse, même quand je passe devant la porte fermée. Je n'y suis pourtant jamais montée, mais quand elle est ouverte, ça donne sur un escalier en bois étroit très sombre, ça me fait peur. À part la porte citrouille, le reste de la maison ne m'effraie pas, sauf la nuit, sûrement parce qu'il fait noir. Ce que je préfère, c'est le grand escalier avec les toilettes au milieu. Il y a comme une sorte de palier dans le tournant avec une porte qui ouvre sur une pièce ovale et lumineuse, du carrelage au sol et la cuvette au fond. La fenêtre donne sur le prunier, et quand on est assis et que c'est la saison, on voit les fleurs et on sent leur parfum. J'aime quand maman nous appelle, pour manger par exemple, « et ne courez pas dans l'escalier ! » elle ordonne.

On sort de nos chambres en courant, on longe le couloir et on se jette dans l'escalier qu'on dévale tous les trois ensemble, c'est la course et les rires et les cris, nos pyjamas, les chaussons, tout en vrac, on court comme Joseph, moins bien, moins vite évidemment, mais comme lui. On atterrit sur le carrelage en damier noir et blanc, on freine, on glisse pour tourner, « première porte à droite ! » crie Paul et on surgit dans la cuisine-salon avec au sol le carrelage hexagonal aux feuilles de vigne sur fond bleu et l'immense cheminée. Je suis presque toujours la dernière et on rit tous les quatre. Moi aussi, même si ma bouche n'émet aucun son, je l'ouvre grand pour faire sortir le souffle par à-coups. On aime faire rire ou sourire notre mère, et comme elle rit facilement, c'est gratifiant, ça nous rend forts.

Paul me demande régulièrement ce que je pense de ce déménagement et je continue de lui répondre par écrit : « Rien. » Ça l'énerve beaucoup.

– Mais bon sang ! Tu vas arrêter de ne rien

dire ! Tu n'es pas idiote, tu en penses bien quelque chose, non ?!

Maman dit :

– Silencieuse est une petite douceur ! Elle est contente, elle, de déménager. Et que ce soit dans une maison ou un appartement, elle s'en fiche, hein, Silencieuse ?!… Tu es toujours contente, dis-le à tes frères !

Une certitude de plus ponctuée d'un petit rire aigu. Elle a pris cette habitude joyeuse de terminer ses phrases d'un rire aigu, quelle que soit son humeur, c'est sa note positive.

– Maman, arrête de parler pour Alice, tu n'en sais rien de ce qu'elle pense !

C'est Joseph qui essaie de prendre ma défense.

– Mais si, mon grand, elle est contente, je le sais.

Je ne suis pas contente, je ne ressens rien. On est en février, il fait froid, maman travaille beaucoup, Joseph court et révise et Paul persiste avec sa tête violette.

## 4
## Les friandises et le jus de pomme de février, encore

Les choses changent tout le temps. Il paraît que c'est la vie. Que s'il n'y a pas de changement alors on est mort, c'est Joseph qui me l'a expliqué. La mort, on n'y a pas été trop confrontés.

Nos grands-parents du côté de ma mère ont disparu avant qu'on soit nés, ce qui veut dire qu'on ne les connaît pas et qu'on ne les connaîtra jamais. Le cochon d'Inde de Paul est décédé l'an dernier parce qu'il était âgé et que c'était la canicule. Maman l'avait mis dehors au soleil, il n'a pas supporté. Je me suis dit que les vieux cochons d'Inde étaient comme les vieux humains, ils doivent faire très attention à la chaleur, rester à l'ombre et s'hydrater. On aurait dû s'en douter. On était tristes, surtout Paul qui l'a enterré dans la forêt avec une croix qu'il a fabriquée en collant des écailles de pommes de pin et des perles dorées. Elle était magnifique et il avait peint son nom sur une petite planche de bois. Il s'appelait Grenouille, le cochon d'Inde. Depuis, on a Roger la tortue et Choux le chat. Eux aussi, ils ont leurs couleurs, Grenouille, fauve, Roger, vert-de-gris, et Choux, gris souris.

Je n'aime pas le changement. Je n'aime pas que papa se soit volatilisé. Je n'aime pas que maman nous ait dit qu'on déménageait, que Joseph ait changé d'avis et que Paul me fasse la tête.

Le mois de février n'en finissait pas, il s'installait douloureusement, il régnait sur tous les autres. J'avais le sentiment que, depuis cette annonce de déménagement, nous vivions au ralenti, empêtrés dans la confusion, pris au piège dans ce tout début d'année qui n'avançait pas. Mars, avril et tous les autres n'existaient plus, anéantis.

Paul a fait une trêve, ce soir-là, et m'a balancé sur un bout de papier à dessin déchiré : « Tu aimes quoi ? » « Les fleurs du prunier ! » je lui ai répondu. Il a souri.

– C'est bientôt la saison, m'a-t-il dit en me caressant la tête. Va te coucher.

Il était neuf heures et demie, maman n'était pas encore rentrée, Joseph travaillait et Paul finissait un dessin. Depuis toutes ces années sans paroles, j'écris sur des bouts de papier pour dire ce que je ne dis pas. À la maison, celui à qui j'écris le plus, c'est Paul. Des fois, il dessine au lieu d'écrire, on discute bien tous les deux, même si on n'est pas toujours d'accord.

Maman a téléphoné pour dire qu'elle rentrerait encore plus tard que d'habitude, qu'elle était chez une amie et qu'il fallait qu'on se couche sans l'attendre. C'est Joseph qui lui a parlé : « D'accord 'man, pas de souci, à demain ! »

Il a raccroché et « Tempo libero ! » C'est le cri de guerre qui voulait dire qu'on se retrouverait dans la cuisine-salon cinq minutes plus tard. Joseph peut veiller plus que nous, il est grand, mais nous, les « petits », on doit encore se coucher tôt, alors quand maman rentre tard on en profite. Paul chante « Tiempo libre ! » en descendant les marches et moi je danse avec mes bras. Paul apprend l'espagnol et l'anglais, Joseph a choisi l'italien en option pour intégrer un lycée bordelais, sinon, il aurait dû aller à Saint-Médard, mais il préférait Bordeaux.

J'adore quand on est en bas tous les trois. Joseph dresse le buffet sur la table : des petites friandises joliment présentées dans le plat à fleurs roses, des verres avec du jus de pomme et on déguste. Ensuite, il se met à lire ou réviser pendant que Paul dessine et moi, soit j'écris, soit je lis, soit je regarde mes frères. Je rêvasse, je me perds dans leurs visages et dans leurs corps, j'essaie de disparaître, c'est mon jeu. Je le fais souvent, avec eux ou avec d'autres. Quand je suis tranquille dans un coin, que personne ne s'occupe de moi, je joue à disparaître dans l'autre et à deviner ce qu'il va faire. Avec mes frères, c'est facile parce que je les connais bien. Je peux prévoir le moment où ils vont tourner la page, celui où ils se grattent la tête, quand ils croisent ou décroisent leurs jambes. Paul a toujours une moue bizarre quand il dessine, il ouvre la bouche et laisse pendre sa mâchoire en la déplaçant légèrement vers l'avant, et sa langue rose bute contre sa lèvre inférieure. J'essaie de faire pareil. Ce qui me plaît le plus, c'est sa main, celle avec laquelle il dessine, la gauche. Quand il écrit, son poignet se plie à angle droit comme un L à l'envers qui cache l'écriture, comme un secret. Moi et Joseph, on est droitiers et notre bras se pousse pour laisser la place aux mots, il recule. Paul, il a le bras qui avance et qui caresse. Et pour ne pas étaler l'encre des lettres en glissant dessus, il a le poignet qui se soulève, articulé par un fil invisible.

Quand on reste là, tous les trois, les soirs

de « Tempo libero », je m'endors souvent dans le canapé avec Choux sur les genoux. Joseph me réveille vers dix heures quarante-cinq en chuchotant : « Sœurette, file au lit, tu dors. » J'attends une bise ou deux, des caresses dans les cheveux et je monte.

Ce soir-là, maman est rentrée à dix heures trente-deux, j'étais éveillée, je jouais avec Choux.

– Oh ! Les coquins, vous n'êtes pas au lit !

Elle a dit ça en rentrant avec un grand sourire, elle n'allait pas se fâcher.

– Bon, ça tombe bien que vous soyez là ! (Petit rire aigu.) J'ai visité un appartement aujourd'hui.

Le regard assassin de Paul a dû lui faire peur parce qu'elle a ajouté :

– Il n'était pas bien, trop petit et dans une rue excessivement bruyante ! Ouh là là, ça ne va pas être facile de trouver !

– Il était où, cet appartement ? a demandé Joseph.

– Près du tramway, à côté de la place de la Victoire, tu vois ?

– À peu près, oui. On ne va pas visiter avec toi ?

– Ah ? Vous voudriez ? Si, si, c'est possible, si ça vous dit !

– Ben, j'aimerais bien, a dit Joseph en nous regardant, Paul et moi.

J'ai continué à tripoter Choux qui s'était endormie.

Paul avait les yeux brillants et l'air absent.

– Ah, mais bien sûr, Joseph, d'accord ! Je te dirai la prochaine fois que j'aurai une visite, et tu viendras avec moi si tu veux ! Bien sûr ! Bon allez, il est l'heure d'aller dormir, zou, filez dans vos chambres, allez, Silencieuse, Paul, au lit ! (Petit rire aigu.) Bon, les enfants, on va se coucher, mais je voulais que vous sachiez que je commence à chercher, hein ?!... Allez, zou !

Je suis montée dans ma chambre et j'ai pensé que « Petit Rire Aigu », ce serait un super nom d'Indien pour maman, et je me suis endormie.

## 5
## Les crêpes à la sardine de mars

La cour de notre maison est pavée, sauf au milieu où pousse un vieux prunier dans un grand ovale de terre. C'est là que Roger s'installe pour l'hiver, dans un trou qu'il recouvre de tout ce qu'il trouve. Il se réveille quand le prunier commence à fleurir. Il doit entendre les pétales se déplier un à un.

Roger, c'est Paul qui l'a ramené un jour. Il a dit qu'il l'avait trouvé dans la forêt à côté d'un petit ruisseau. Maman était très étonnée, elle disait que c'était incroyable de trouver une tortue comme ça toute seule dans la forêt. Paul faisait sa tête de ravi. Je le connais, il ne sait pas mentir, quand il ment il sourit bêtement, j'appelle ça une tête de ravi. Elle avait raison, maman, une tortue comme celle-là, ça ne se trouve pas dans nos forêts, c'est sûr.

Paul a fini par nous expliquer à Joseph et à moi que c'était Fabien, son meilleur copain, qui le lui avait donné. Avant, Roger s'appelait Brindille, mais Fabien ne s'en occupait pas et avait remarqué que Paul adorait l'observer, alors il lui a dit: «Tiens, Paul, prends Brindille avec toi, il sera mieux et puis comme ça je demanderai à mes parents un lapin, j'ai trop envie d'en avoir un.»

Fabien, il avait tout ce qu'il voulait avec ses parents, mais il n'était jamais satisfait, il lui manquait toujours quelque chose, quelque chose de précis, sûrement, qu'il n'avait pas encore trouvé.

Maman aurait pu demander à Paul de ramener Roger dans la forêt, mais elle n'a rien dit, alors on l'a gardé. Dès qu'il est arrivé à la maison, Joseph est allé à la bibliothèque et il est revenu avec trois livres sur les tortues qu'il a montés dans sa chambre. Le lendemain il nous a tout expliqué :

– C'est une tortue d'Hermann de la famille des Testudinidae. C'est la seule tortue terrestre de France, il n'y en a pas beaucoup, elles sont protégées…

Il a aussi dit ce qu'il mangeait, comment il vivait et il nous a assuré que c'était un mâle. C'est là que Paul a décidé de l'appeler Roger, ça fait viril, il disait. Moi, je ne trouvais pas ça terrible comme nom pour une tortue, mais je me suis habituée. Roger, l'hiver, il le passe sous le prunier. Je trouve ça beau de s'endormir sous un prunier en automne et de se réveiller au printemps quand les fleurs commencent à s'ouvrir. J'aurais aimé faire pareil, mais sans carapace ce n'est pas possible.

Avec Paul, on joue souvent au cadavre exquis. Enfin, on jouait. Maintenant, quand je monte dans sa chambre et que je commence un mot ou un petit dessin sur une feuille de papier, il la froisse aussitôt en me faisant une grimace débile qui veut dire « Tu dis rien ? Moi non plus ! »

Ça fait plus d'un mois que ça dure, depuis l'annonce du déménagement.

Avant, on était tranquilles. Maman travaillait beaucoup, on avait au moins trois soirées « Tempo libero » par semaine, on se débrouillait seuls, Joseph courait et Paul était gentil.

Maintenant, maman travaille toujours beaucoup. Avec les visites des appartements, on ne sait plus trop quand elle rentre, et Joseph est souvent avec elle. Avec Paul, on ne fait pas de tempo libero quand on est tout seuls, on n'y pense même pas.

Il a fini par arriver, le mois de mars, avec délicatesse et pudeur.

Ce jour-là, on se lève tôt comme tous les matins quand on va à l'école. D'abord maman, puis moi, et mes frères ensuite.

Je distingue par la fenêtre le prunier dans la cour, il est six heures trente-huit, Paul descend pour le petit déjeuner. Je finis mon bol de céréales convoité par Choux qui attend patiemment que je lui laisse un fond de lait à laper. Paul s'installe à côté de moi avec sa moue matinale. Paul est une marmotte, il aime dormir et a toujours du mal à se réveiller. Joseph descend de la salle de bains, la serviette autour de la taille, en râlant parce qu'il n'a plus de caleçon propre. Paul plonge dans son bol de chocolat, maman dit qu'elle a prévu de faire une lessive aujourd'hui et Choux essaie de monter sur la table.

– Je crois que j'ai trouvé un appartement, annonce maman avec un grand sourire.

Le temps s'arrête à six heures cinquante.

Paul manque s'étouffer avec son chocolat, Choux part se cacher sous la table et Joseph dit :

– Quoi ?!

Je ne bouge pas. Je regarde Paul qui s'essuie la bouche avec sa manche de pyjama.

– J'ai trouvé une annonce, Joseph, pas de panique, je n'ai rien visité, mais sur l'annonce ça paraît bien, c'est un rez-de-chaussée avec jardin situé dans un quartier tranquille, quatre pièces qui ont l'air assez grandes…

– Ça veut dire qu'on n'aura pas une chambre chacun ?! l'interrompt Paul.

– Ah, oui… Enfin non, je veux dire, non, vous serez encore dans la même chambre, toi et ton frère, mais vous aurez la plus grande…

– Et voilà, j'en étais sûr !

Paul a sauté en l'air en disant ça, il aurait eu une épine sous les fesses, ça lui aurait fait le même effet. Il a pris son bol et l'a rincé dans l'évier en éclaboussant tout autour.

– Paul, fais attention, tu mets de l'eau partout !

Il a filé dans l'escalier pour aller se noyer sous la douche avec la musique à fond.

Joseph sourit à maman et lui demande :

– On va le visiter quand ?

– Je ne sais pas, Joseph, je te dis ça ce soir, je vais essayer de prendre rendez-vous aujourd'hui.

Joseph fonce dans sa chambre pour finir de s'habiller.

J'ai de nouveau regardé par la fenêtre, le bleu noir du ciel et les branches du prunier qui se fondait dedans.

– Bon, Silencieuse, je range le petit déjeuner et je file !

Petit rire aigu.

Il faut que j'aille faire ma toilette et m'habiller, mais j'attends que les frères aient fini et qu'ils sortent de la salle d'eau. Ça prend du temps, ils se pomponnent plus que moi. Je me lave vite, l'eau sur le visage, les dents, la main dans les cheveux et c'est fini. Mes frères disent que je suis un garçon manqué, ce n'est pas vrai. J'ai les cheveux très courts mais je mets des robes et des jupes et je suis contente d'être une fille. Et puis, les cheveux courts, ça me va bien, on voit encore plus mes yeux qui sont déjà grands et les taches de rousseur sur mon front. Des fois, je me dis qu'ils sont jaloux et que ce sont eux, les filles manquées.

Je suis la dernière à partir de la maison, ils défilent les uns après les autres dans ma chambre pour me dire au revoir.

Joseph d'abord :

– Salut sœurette, à ce soir !

Il me regarde et dit « Bellissima ! » en me tapotant la tête et en clignant de l'œil. Je l'entends descendre les escaliers en chantonnant « bellissimAaaa sœurettA, bellissimA sœurettAaaa ! » Le bruit de la porte d'entrée et plus rien.

Maman pas longtemps après :

– Allez, mon chou, j'y vais, je vais essayer de rentrer tôt, hein ?... Passe une bonne journée !

Et elle m'embrasse sur la joue en m'ébouriffant les cheveux avec sa main. Le bruit de clés et de porte.

Un bon moment après c'est Paul :

– YO, Silencieuse !

Il ne le faisait plus depuis un moment mais là, il me caresse la tête en souriant. Le dernier bruit de porte et je suis seule dans la maison.

C'est aussi pour ça que j'ai voulu me faire couper les cheveux très courts : on ne peut plus les décoiffer, ni le vent ni personne.

Le matin, je pars seule à l'école depuis que

j'ai 8 ans. Je retrouve Thierry sur le chemin, on a trois cents mètres de marche à pied et, à la lisière du bois, on est arrivés. Thierry, c'est mon seul vrai copain, je l'appelle « Tulipe » parce que c'est sa fleur préférée et que ça lui va bien. Il est bègue et un peu bizarre comme moi, c'est ce que disent les autres, moi, je nous trouve normaux, juste particuliers. Les autres sont trop bruyants, ils crient tout le temps, pour rien, ils s'apostrophent, ils braillent, ça fait mal aux oreilles. Tulipe, je le connais depuis le CP, heureusement qu'il était là. J'arrivais souvent triste et renfermée à l'école. Sa présence me tranquillisait, il me sortait de ma torpeur, je pouvais de nouveau sourire. Ce que j'aime surtout avec Tulipe, c'est qu'on se parle autrement qu'avec la bouche, on se regarde, on danse avec nos bras et nos mains, on remue nos doigts, on écrit, on invente. Il adore les poésies, il en apprend beaucoup par cœur et il me les récite, j'adore ça. On se met dans un coin, je m'assieds les mains sur les genoux pour mieux écouter, il se tient droit debout devant moi, ses yeux dans les miens, et les mots s'écoulent de ses lèvres sans interruption. C'est magique. C'est pareil quand il chante, ça glisse tout seul, sa gorge ne retient plus rien, sa bouche est libérée.

On est toujours l'un à côté de l'autre en classe, on préfère, et c'est plus simple pour les enseignants quand on n'a pas les mêmes devoirs que les autres à cause de mon silence et de la parole saccadée de Tulipe. On reste toujours ensemble, de vrais potes à la compote, c'est maman qui dit ça. Quand on n'a pas école, on se voit moins, mais de temps en temps on va se promener dans la forêt, repérer les geais, chercher des champignons, ramasser des pierres bleues ou composer des bouquets de feuilles. Tulipe, sa couleur c'est le rose perle, c'est doux et brillant comme lui.

Le soir, je reviens avec Paul, il passe me chercher à l'école. On rentre les premiers.

En ouvrant la porte, on ramasse le courrier quand il y en a et là, il y a une carte postale par terre. On se fait face, comme suspendus dans le regard de l'autre, et il se baisse pour ramasser la carte. Il la retourne et dit :

– Une copine de maman.

De toute façon, on n'attend rien. On laisse tomber nos sacs dans l'entrée et on file goûter dans la cuisine-salon. Il me demande en ouvrant le placard :

– Tu veux quoi, Alice ?

Je lui fais le signe de la pierre qui tombe dans l'estomac, il comprend.

– Moi aussi, j'ai faim, alors, on va se faire… des crêpes à la sardine ! Ça te dit ?

Oui, ça me dit. Je vais chercher un stylo et un papier dans mon sac pour lui demander : « Tu me fais toujours la tête ? »

Il passe sa main dans mes cheveux.

– Paul ne fait pas la tête à sa petite sœur ! Paul fait la tête au silence !

Il prend une grosse voix, la plus grave qu'il peut et me fait de gros yeux mais la couleur violette s'est adoucie, il a le regard lilas.

Je vois par la fenêtre de minuscules taches

blanches sur les branches du prunier. On va manger notre crêpe dehors, assis sur les pavés. La cour est grande avec une grange en briques et bois au fond qui appartient à monsieur Séverin, le voisin. C'est une cour commune. C'est bon, la crêpe à la sardine, un peu bizarre avec du sucre, mais c'est bon. On écoute le silence.

Maman et Joseph rentrent en même temps à dix-huit heures quarante-deux.

– Bon, Paul, Alice, je vais aux toilettes et j'arrive.

Tiens, Petit Rire Aigu veut nous annoncer quelque chose, j'ai pensé. Avec Paul, on terminait nos devoirs dans la cuisine-salon.

– Joseph, viens ! a appelé maman en revenant des toilettes.

– J'arrive ! il a crié.

Joseph est arrivé.

– Alors... J'ai appelé l'agence de l'appartement dont je vous ai parlé ce matin. Si vous êtes d'accord, on va le visiter la semaine prochaine !

Paul avait l'air pris au piège, Joseph a pris le relais :

– On s'est dit avec maman que ce serait bien que vous le visitiez avec nous. On va y habiter ensemble, c'est bien que tout le monde donne son avis, non ?...

J'ai hoché la tête. Paul, le regard perdu, me demandait de l'aide, alors j'ai de nouveau hoché la tête, doucement, en souriant. Il a dit « oui ».

– Bon, très bien ! Ah, au fait, c'est drôle !... Je ne vous l'ai pas dit – ça va te plaire, Silencieuse –, la maison de l'appartement, elle est rose, la façade, vous voyez ? C'est rigolo, non ?

Petit rire aigu. Là, même si j'avais pu, je n'aurais pas su quoi répondre.

– Rose !!!

Joseph et Paul l'ont aboyé en même temps.

– Oui ! Oh, c'est rigolo ! Et puis, dans l'appartement ce ne sera pas rose, enfin j'espère !

Et maman a éclaté de rire.

– Bon, les enfants, je prépare à manger et on se met à table !

J'ai regardé par la fenêtre, les taches blanches du prunier se déployaient à vue d'œil et laissaient apparaître au centre de minuscules cercles légèrement rosés. Roger, en dessous, commençait à s'étirer.

## 6
## Le jus de pomme cassis de mars, encore

– Alors, vous en pensez quoi ? demande maman.

– Ouais, il est bien, mais l'extérieur de la maison est rose, c'est trop moche ! répète Joseph dans la voiture.

Nous venons d'aller visiter l'appartement de la maison rose, puisque c'est comme ça que nous l'appelons maintenant. Oui, il est bien, comme il faut.

Quand la dame a ouvert la porte de l'appartement, on est entrés dans un petit hall qui desservait la cuisine, le salon et un couloir qui

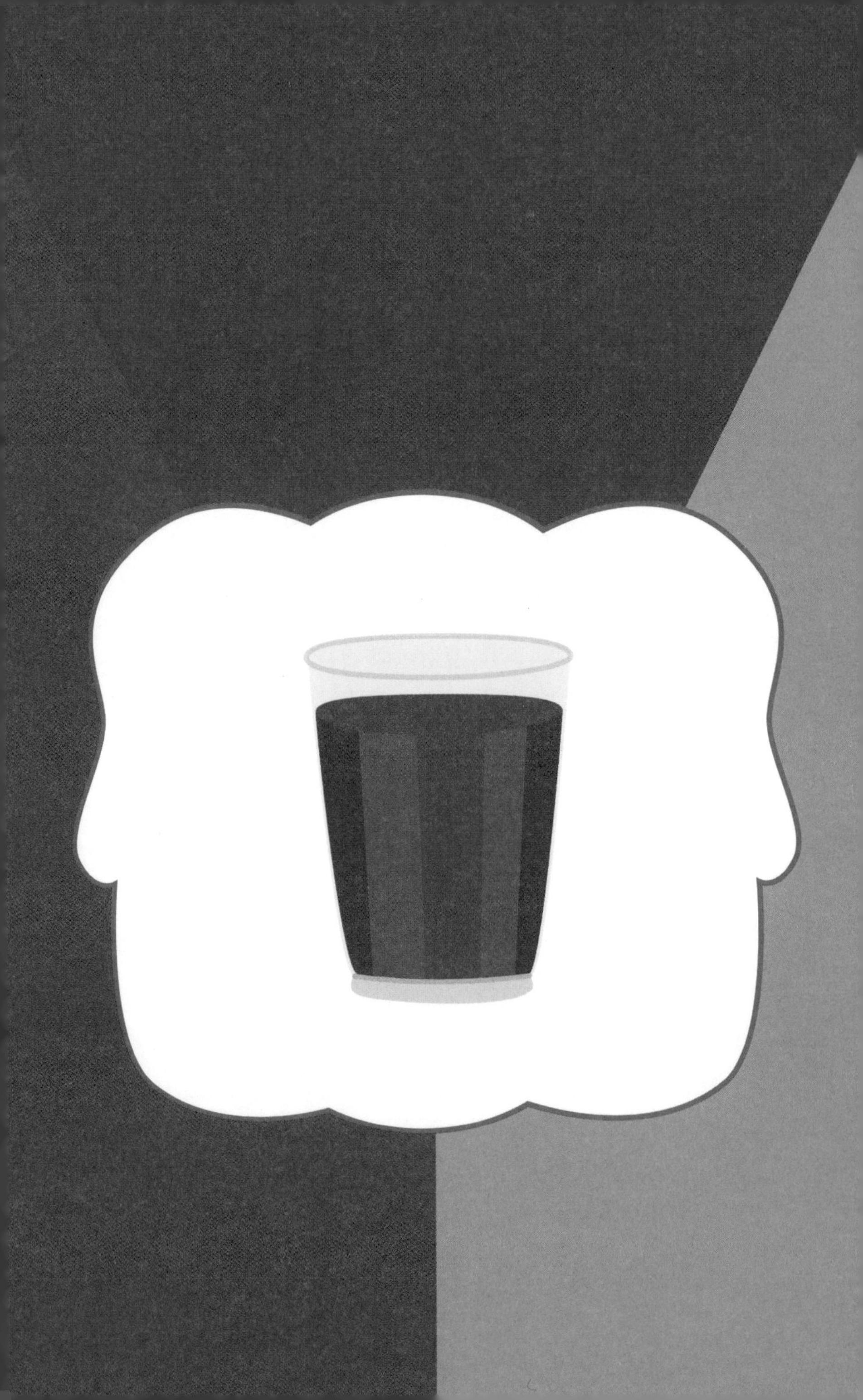

menait aux chambres. Pas d'escalier, pas d'étage. Les toilettes étaient dans la salle de bains, au début du couloir. Le salon et la cuisine donnaient sur la rue avec des barreaux aux fenêtres. L'appartement était presque vide, c'était bizarre et triste.

Nous avions déjà repéré nos chambres. Joseph et Paul auraient la plus grande, maman la plus petite, et moi, la moyenne entre les deux. Elles ont toutes une fenêtre qui donne sur le jardin.

Dans la mienne, le papier peint était beige à fleurs roses, ça ne me plaisait pas trop mais maman a dit qu'on pourrait repeindre nos chambres de la couleur que l'on voudrait.

Il y avait un vrai jardin avec de l'herbe, une acanthe, un olivier, des murets assez hauts pour se cacher des voisins et pas de vis-à-vis. C'était parfait pour Roger, il ne pourrait pas s'échapper. Par contre, on espérait qu'il pourrait hiberner sous l'olivier. Joseph disait que oui, que ça n'avait aucune importance pour une tortue d'hiberner sous un cerisier ou un olivier, que ça lui était égal, il fallait juste qu'elle puisse faire un trou pour se cacher, ça suffisait. Ça nous a rassurés. Pour Choux, l'herbe, c'était bien pour se purger. On déambulait sans savoir véritablement quoi regarder, il y avait un léger parfum d'absence et de poussière. On passait d'une pièce à l'autre avec la dame qui nous suivait en expliquant à maman des tas de trucs sur le loyer, les ordures, l'électricité, les voisins. Maman était souriante, elle riait aigu.

On est restés une bonne heure et on est repartis.

– Mais ce n'est pas très grave que l'extérieur soit rose ! Arrête un peu avec ça, Joseph, au moins, tu ne te tromperas pas de maison quand tu rentreras !

Elle rit.

Paul se met à rire aussi.

– Ah, c'est malin, ronchonne Joseph.

Je regarde par la fenêtre, les pins sont verts et gris, dans un entre-deux, ils se réveillent comme la tortue.

J'aime quand on est dans la voiture tous les quatre, Joseph et maman devant, Paul et moi derrière. J'ai l'impression d'être dans une bulle à roulette. Un endroit protégé qui avance sans effort et les pins qui défilent aux fenêtres. Il ne peut rien nous arriver, on se tient chaud. Et la cerise sur le gâteau, c'est quand les frères se mettent à chanter en canon, ils font des voix différentes, pas sur le même ton, Paul monte haut dans les aigus, c'est beau. Mais là, ils n'ont pas chanté.

En revenant à la maison, je reste un moment dans la cour, sous la douceur des pétales du prunier qui se détachent et flottent dans l'air. Je la trouve spacieuse, ouverte. Il fait doux. Un flocon se pose sur mon épaule, le sol est blanc, comme de la neige. Roger se balade.

Quelque chose m'empêche de respirer à fond.

On finit mars, le mois de la visite de ce qui va devenir notre autre maison. J'ai l'impression d'une carapace autour de mes poumons.

Paul me tourne autour, il cherche à attirer mon attention. Je sens qu'il va me demander ce que je pense de l'appartement et, cette fois, je vais devoir trouver autre chose à lui répondre que « rien ».

Il est vingt et une heures sept quand on sort de table.

Je monte dans ma chambre et c'est là que ça commence. Je trouve un papier froissé en boule devant la porte de ma chambre. Je le défroisse, le tourne des deux côtés, rien. J'ouvre la porte et une corbeille entière de papiers froissés me tombe dessus, avec la violence de la légèreté du papier malaxé, sans mots, une pluie de silence chiffonné. Ça me fait mal.

Je m'assieds sur mon lit et doucement je me mets à pleurer, sans bruit, comme un début d'orage, quelques grosses gouttes tièdes, puis des filets d'eau qui grossissent et gouttent sur ma jupe. Ça coule lentement, au ralenti. Je connais cette sensation, je l'avais oubliée, ça revient délicatement, l'eau, le goût salé, les rigoles sur les joues.

Je ne pleure pas comme on décide de pleurer parce qu'on est triste, en colère ou épuisé – non, c'est mon corps qui déborde. Mes yeux sont trempés, ma jupe aussi mais l'orage ne gronde pas, rien, pas un son, un orage muet.

J'ai vu plein de médecins au début, quand papa est parti et que maman et les frères ont trouvé ça bizarre que je ne dise plus rien. Paul avait supposé que c'était peut-être à cause de mes piles, qu'il fallait les changer. Joseph et maman avaient beaucoup ri, et c'est devenu une blague qui fait toujours rire. Des généralistes, des psychologues, des psychiatres, des orthophonistes… Rouges. Je leur ai donné la couleur rouge. Mais pas cerise ou framboise, non, un rouge mort, un rouge cadavre noir. Quand je les voyais, j'avais envie de hurler et, comme je ne pouvais pas, mon corps le faisait à la place de ma voix, il se contractait, mes membres se tordaient, mes mains se crispaient, sans bruit. J'en sortais épuisée, sans couleur, ahurie. Il y avait les salles d'éternité – je les nomme comme ça maintenant, les salles d'attente, à cause de l'apparition régulière du médecin qui appelle toujours quelqu'un d'autre. Ça me faisait penser à un diable qui sort de sa boîte, ça me terrifiait. C'est depuis que je fais attention à l'heure, à la précision de l'heure, comme un TOC, ça me rassure. Rendez-vous à quatorze heures trente. Aussitôt après, je regardais les aiguilles sur la montre de maman. J'ai vite compté, trente et une, trente-deux, trente-sept... Quand ils finissaient par m'appeler, j'étais tétanisée. Ils ne faisaient rien pour me rassurer, ça allait vite avec des mots compliqués et ils me déshabillaient, ils me déshabillaient, ils me déshabillaient... Leurs regards me dérangeaient, ils examinaient un bout de moi, j'étais devenue un objet intéressant. Ils ne comprenaient jamais rien, ils se sont acharnés pendant des années, « la petite Alice » ricochait de spécialiste en spécialiste avec son dossier qui grossissait.

– Alors, il est passé où, le dossier de la petite Alice ?...

Maman avait de plus en plus de mal à me convaincre de la suivre, jusqu'au jour où je me suis cachée dans la grange du voisin toute une journée. C'est Joseph qui m'a trouvée, il a vu qu'il y avait un espace entre la porte et le sol, pas bien grand mais juste assez pour me faufiler. Maman est allée chercher monsieur Séverin, il a ouvert sa grange et j'étais là, je dormais sur un tas de linge dans un carton.

– Silencieuse, ma douce, elle a dit, sans crier.

Ils ont eu peur. Ça faisait deux ans que ça durait, sans aucune amélioration. Joseph a demandé :

– Maman, on va arrêter, hein ?… C'est pas grave qu'elle ne parle pas… S'il te plaît ?…

Elle s'est mise à pleurer, elle était fatiguée, elle aussi. Et puis elle a ri, on ne savait plus très bien ce qu'elle faisait, elle pleurait, elle riait, ça a duré un moment.

Le lendemain matin, quand je me suis levée, elle n'était pas allée travailler, on était vendredi, je n'avais pas école. Elle nous a servi un verre de jus de pomme cassis à toutes les deux et elle a trinqué en me disant :

– On arrête, Silencieuse, je suis désolée.

La saveur de ce jus de pomme cassis, je ne l'ai jamais retrouvé.

Je touche mes joues, les larmes sur mes doigts, ça brille.

Paul entre dans ma chambre à vingt et une heures trente-neuf. Il est flou. Il se précipite sur moi avec toute la douceur que je lui connais, il m'entoure de ses bras et je pleure sur son épaule. Mon souffle est saccadé, chaud, je hoquette sans bruit. Il me contient en silence.

Ça dure des milliers d'heures en suspension. L'orage s'arrête. Je relève ma tête pour regarder mon frère. Son tee-shirt est aussi trempé que ma jupe, il fait la moue et bredouille :

– Excuse-moi…

Alors je sens un souffle dans la gorge pas comme d'habitude, pas comme la respiration, un souffle groupé. Il vient se masser dans ma bouche, en glissant sous le palais et ça se met à sonner.

– Ch.

Je regarde Paul, il sent qu'il se passe quelque chose d'inhabituel.

– Ch ch chu.

C'est imperceptible mais je l'étire dans la bouche pour le faire durer et lui donner de la consistance.

– Chuuuuuuu…

Et, quand je le décide, le « t » vient claquer contre mes dents en chatouillant ma langue.

– Chuuuuut !

Un mot, un seul, que je venais de fabriquer dans ma bouche !

On l'a bien entendu, Paul et moi, on ne rêvait pas : « Chuuuuut ! »

# 7
# La poire d'avril

Je me suis trompée sur les mois ; même si ce début d'année a été apathique, février a fini par disparaître, mars s'est imposé et le rythme se rétablit, on déroule avril.

Il est vingt heures seize, on est à table, sans Joseph qui a une soirée avec des copains, Paul me regarde tendrement. On n'a rien dit à personne pour l'orage de l'autre soir, on ne s'est pas dit qu'on ne devait rien dire, mais on n'a rien dit, un accord tacite.

– Ce week-end on commence à trier pour faire les cartons !

Petit rire aigu.

– Déjà ? a grogné Paul.

– Eh oui, déjà, a répondu maman en souriant. Tu sais, on commence tranquillement, ça évitera de courir au dernier moment.

– Mais trier ? Ça veut dire quoi ? demande Paul.

– Trier vos affaires. Dans vos chambres. Ce que vous allez emmener et ce que vous allez jeter, parce que ce n'est pas la peine de tout déménager. S'il y a des jouets dont vous ne vous servez plus, par exemple... Qu'est-ce que tu ne comprends pas ?

– Rien. Mais on est obligés de jeter ? s'inquiète Paul.

– Mais non, obligés, non ! Enfin, il y a des choses qu'on pourrait éviter de déménager, la cage de Grenouille, par exemple, on pourrait la jeter, tu ne crois pas ?

C'est vrai que la cage de Grenouille ne servait plus à rien et en plus elle était trouée au fond, mais Paul avait voulu la garder, il l'avait rangée dans un coin de sa chambre.

Paul a répondu « oui » et ils ont arrêté de parler du tri. On mangeait de la soupe de lentilles, j'adore les lentilles. On a continué le repas en écoutant les histoires du travail de maman. Elle est couturière. Quand j'étais petite, elle faisait tous les habits de mes poupées : des robes, des pantalons, des sacs en cuir, des chapeaux, des manteaux, des ceintures et les chaussures aussi ! Elle est trop forte.

J'espère qu'elle ne va pas me demander de les jeter. J'aimais m'endormir avec le bruit de la machine à coudre. Le soir, elle cousait dans sa chambre, à côté de la mienne. Ça me berçait, et quand je n'entendais plus rien – parce qu'elle avait levé le pied de la pédale pour changer la canette ou découper un morceau de tissu –, j'avais peur qu'elle ait disparue. À son travail, elle retouche des habits et de temps en temps elle confectionne un vêtement, c'est ce qu'elle préfère, mais c'est de plus en plus rare. Elle raconte :

– Aujourd'hui j'ai eu un géant, trois nains,

et devinez qui ?... Monsieur Chaussette et Bob !

On adore quand elle nous parle de monsieur Chaussette, un vieux monsieur et de Bob, son chien, un fox-terrier. Il vient souvent la voir pour qu'elle lui reprise ses chaussettes, c'est pour ça qu'elle l'appelle monsieur Chaussette. Elle continue :

– Ils sont arrivés vers trois heures de l'après-midi avec la même paire que la dernière fois, j'ai cru que j'allais éclater de rire. Et là, il me dit très sérieusement : « C'est encore Bob qui a joué avec ! Il a pourtant sa paire ! Je lui ai acheté des socquettes noires avec des motifs d'os blancs dessus, rien à faire, ce sont toujours les miennes qu'il prend pour jouer, hein, Bob ? » Vous auriez vu la tête du chien qui baissait les yeux !

Paul rit, je souris, elle poursuit :

– C'est incroyable ! Je vais lui raccommoder cette paire de chaussette pour la quatrième fois ! J'ai beau lui expliquer qu'il ferait mieux de s'en acheter de nouvelles, il insiste pour que je les reprise ! Il me soutient : « Vous comprenez, c'est du fil d'Écosse, ça ne s'use pas, c'est mon chien qui les troue ! »

Il est vraiment rigolo, monsieur Chaussette. Les géants, ce sont les gens trop grands, alors elle rallonge leurs manches et leurs jambes. Les nains, ceux qui sont trop petits alors elle raccourcit. Elle exagère bien sûr, elle n'a ni géant ni nain dans sa clientèle. Elle est jolie, maman, elle est rousse avec des taches de rousseur et les yeux vert anis. Quand Grenouille était encore là, on la faisait râler en lui disant que ses cheveux étaient couleur cochon d'Inde. Elle ripostait : « Pas du tout, ça n'a rien à voir ! » C'était pourtant exactement les mêmes tons fauve. C'est bizarre qu'aucun de nous trois ne soit roux. Mais Paul et moi, on a quelques taches de rousseur, surtout l'été. On se met devant la glace, l'un à côté de l'autre et on les compte. On fait la compétition des taches, c'est toujours lui qui gagne.

Joseph dit que sa barbe est rousse mais

comme il n'en a pas beaucoup et qu'il se rase tout le temps, on ne le voit pas.

L'agence immobilière a dit oui à maman pour l'appartement et on aura les clés fin juin, on déménagera début juillet.

Si je pouvais, je ferais comme Roger. Je m'enterrerais sous des carreaux de ciment, ceux avec la vigne, dans la cuisine-salon, et je resterais dans notre maison avec les souvenirs, papa, maman, les frères et moi.

Je n'aime pas le temps, il bouge, tout devient différent à chaque minute, tout se modifie d'une seconde à l'autre, rien ne reste, les oiseaux s'envolent, les pétales du prunier tombent, les enfants grandissent et les parents s'en vont.

Choux est assise sur le canapé, à côté du coussin bleu, elle nous regarde les yeux mi-clos, je me demande à quoi elle pense. C'est Joseph qui avait ramené Choux un jour, dans un carton.

Quand il l'a ouvert, on a vu un tout petit chat qui tenait à peine debout, il était adorable !

– Oh, qu'il est mignon ! s'est exclamée maman.

– Tu vois, c'est pour ça que je l'ai ramené, j'ai pas pu résister ! a précisé Joseph. C'est une chatte, au fait.

Maman ne voulait pas de chat mais on l'a gardée parce qu'on la trouvait trop chou. Depuis, c'est son nom. C'est une chatte au pelage gris et blanc. Le poil de sa tête est gris et ça lui fait comme une coupe de cheveux. Le gris s'arrête net au milieu du front comme une frange très stricte et dans son cou le gris est coupé au carré. Le reste de son museau est blanc. Elle est douce mais, des fois, elle mord.

Je faisais pareil à la fin : quand j'en avais marre de voir les docteurs, je les mordais. Après, maman les a prévenus et ils faisaient attention. C'était compliqué, cette période, je le sais.

Mais quand j'y étais, dans la période, je me recroquevillais, je n'avais plus confiance, mon corps était une machine qui ne fonctionnait pas correctement, mes cordes vocales ne résonnaient plus, mon larynx était en panne. Et maman et les frères voulaient me réparer, avec acharnement. J'aurais voulu que l'un d'eux réagisse, qu'il dise que ce n'était pas important que je ne parle pas, qu'on me comprenait très bien, que le principal c'était que le reste de mon corps fonctionne normalement et que ça suffisait. Non. Ils s'acharnaient à vouloir me réparer.

– Houhou ! Tu m'entends, Silencieuse ?! Ah, te revoilà ! Tu étais dans les nuages ! Tu préfères une pomme ou une poire ?

J'ai choisi la poire, comme Paul, et on a fait « Tchin ! » en cognant nos fruits. Paul et maman ont ri, je souriais.

Après le repas, je suis allée dans la chambre des frères. Ils ont un grand placard qui sépare la pièce en deux, pour que chacun d'eux ait son espace. Mais ils disent chacun « ma chambre ». Paul dessinait un drôle de bonhomme à trois têtes. Il m'a souri et a dit :

– C'est une esquisse, pour ma chambre.

Je l'ai regardé en écarquillant les yeux pour

qu'il comprenne mon étonnement et il a continué :

– Maman a dit qu'on pouvait repeindre les murs de nos futures chambres. Je vais faire un graff sur un mur, avec ce dessin. Ça te plaît ?

J'ai souri avec les yeux écarquillés en secouant la tête de haut en bas.

– Tu veux que j'en fasse un dans ta chambre ?

J'ai souri davantage et j'ai fait non avec l'index.

– Je vois, tu préfères une princesse avec une licorne, des cœurs roses et un lapin qui fait couin-couin !

Je l'ai poussé jusqu'à ce qu'il tombe de sa chaise et il a éclaté de rire. Après, on s'est allongés par terre côte à côte. Il a pris ma main et s'est mis à fredonner :

– Ils étaient cinq dans le nid et le petit dit, poussez-vous, poussez-vous ! Et l'un d'eux tomba du nid, wouuuuuu ! Ils étaient quatre dans le nid et le petit dit…

Il s'arrête net. Je me blottis dans ses bras. Il se remet à fredonner sans paroles.

J'ai ma tête sur sa poitrine et je sens les vibrations de sa voix me chatouiller la joue. Alors je pense à l'orage de l'autre jour et au souffle groupé dans ma bouche et je m'assois. Il se redresse face à moi. J'attrape un crayon et un papier sur son bureau et j'écris: « On fait des exercices de chut? » Il prend un air sérieux et me demande:

– Chut?

Je réponds tout net:

– Chut.

Il applaudit en souriant. Il reprend:

– Chut, sœurette?

– Chut, je réponds.

– C'est bien, un autre, écoute bien…

Paul me demande des chut de toutes sortes. Des courts, des longs, des qui vont vite ou lentement, des doux, des forts, et j'arrive à les reproduire, plus ou moins facilement, mais j'y arrive. Paul est devenu professeur de chut.

Après plusieurs exercices, il m'embrasse sur la joue et déclare solennellement:

– Tu reparles, Silencieuse.

J'ai froncé les sourcils en mettant ma main sur sa bouche et j'ai ordonné :

– Chut !

Il était vingt et une heures cinquante-cinq.

# 8
# Le champagne de mai

– C'est parti mon kiki !

Paul a l'air en pleine forme. Je suis dans mon lit et j'entends mon frère de l'autre côté de la cloison. J'ouvre un œil, je vois le jour à travers les persiennes.

– C'est parti mon kiki ! il recommence.

J'ouvre les deux, je regarde l'heure, il est huit heures trente-sept.

– Paul ! Arrête bon sang !

Joseph ne semble pas tout à fait réveillé… Paul me fait rire quand il fait l'andouille.

La poignée de ma porte grince, je ferme les yeux et j'entends :

– Moussaillon au rapport !

Silence. Il entre dans ma chambre.

– Kiki, c'est parti !

Silence. Il se rapproche et chuchote :

– Sœurette, kiki te parle, tu l'entends ?…

Je ne suis pas sourde et si je le pouvais, j'éclaterais de rire. Je serre Paul contre moi pour lui faire un câlin, il se met sous la couette et on rêvasse en regardant les rais de lumière au plafond.

Si Paul n'était pas venu se calmer dans ma chambre, il se serait fait assassiner. Quand on s'est retrouvés au petit déjeuner à neuf heures douze, maman n'était pas contente.

– Tu te crois où, Paul ? Monsieur est réveillé alors toute la maison doit se réveiller ? Ça ne va pas bien, hein ? Qu'est-ce qui t'a pris ? Il y en a qui font la grasse matinée le samedi, tu le sais, non ?

Paul ne répond pas, il se concentre sur son chocolat. Elle continue :

– Tu peux t'excuser maintenant!... Ho! Kiki! Tu me reçois?!

Paul lève la tête d'un coup, on se regarde, ils rient et Paul dit:

– Pardon, 'man.

Un peu plus tard dans la matinée, Joseph se lève de très mauvaise humeur et Paul s'excuse de nouveau.

On a déjà commencé à trier, jeter, ranger mais ça s'accélère. On attaque l'étape cartons!

On dit: «Au mois de mai, fais ce qu'il te plaît», mais ce n'était pas vrai. Avec Tulipe, on avait prévu d'aller dans la forêt avec nos loupes pour chercher des dessins d'insectes sur les écorces des arbres. La maman de Tulipe avait proposé que je dorme chez eux ce week-end, mais maman n'a pas voulu pour qu'on avance sur le déménagement. Et ça ne me plaisait pas, j'aurais préféré être avec Tulipe.

On est chacun dans notre chambre avec du scotch marron et un marqueur pour écrire notre prénom sur le carton et ce qu'il contient.

Je peux garder les habits de poupée, j'en ai tellement qu'il n'est pas possible de les mettre dans le même carton que celui des poupées, j'ai fait un carton séparé. C'est étrange de trier. On retrouve des objets qu'on avait oubliés, des souvenirs. Cette photo, je l'avais effacée de ma mémoire. On y voit Paul, Joseph et moi, tous les trois en pyjama, on avait huit, onze et six ans. J'ai le regard triste et je serre contre moi ma poupée Brigitte entourée de fils. Eux, ils me tiennent chacun une épaule et sourient en me montrant l'objectif. Je m'en souviens maintenant.

C'était une fin de journée, un mercredi peut-être. J'étais dans ma chambre et j'ai attrapé Brigitte, la plus intelligente de mes poupées. Je l'ai amenée dans la chambre de maman et j'ai cherché dans sa boîte à couture. J'ai pris plusieurs fils de couleur et j'ai ligoté Brigitte des pieds à la tête. Je tournais les fils autour de son corps et de sa tête consciencieusement, je lui fabriquais un cocon. Quand j'ai déboulé dans la cuisine-salon avec Brigitte ficelée, maman et les frères étaient stupéfaits, comme si j'avais réalisé une œuvre d'art, et maman est allée chercher l'appareil photo. Je crois que je voulais que maman me recouse. J'étais une petite fille décousue. J'avais l'impression de tenir par des points de couture indépendants les uns des autres, prêts à lâcher.

– T'y arrives ? me demande Paul qui entre dans ma chambre avec la cage de Grenouille à la main.

Je fais oui de la tête. On entend Joseph râler dans le couloir.

– Bon, je vais jeter ça.

Je lui fais signe d'attendre, et j'écris sur un papier « Ça t'ennuie ? » Il répond :

– Quoi ? De jeter la cage ?… Non. C'est Grenouille qui me manque des fois.

J'écris « Twit Twit ! » Il sourit et dit :

– Twiiiit Twiiiit Twiiiit !

C'était le cri strident du cochon d'Inde.

Paul sort de ma chambre et je continue à ranger.

On empile les cartons. Le prunier se couvre de feuilles vertes. Roger crapahute dans la cour et se cache de temps en temps dans la grange de monsieur Séverin, en se faufilant sous la porte. Il commence à faire doux. La maison est en bazar.

Petit Rire Aigu s'active sans arrêt, les cheveux ramassés en chignon désordonné sur la tête.

Joseph l'aide, Paul termine d'emballer les affaires qui ne lui servent pas et plus il y a de cartons, plus je me sens oppressée.

– Ça y est, le grenier est débarrassé ! Ouf ! Merci, Joseph.

– De rien 'man, t'as encore besoin de moi ?

– Non, j'arrête pour aujourd'hui, je te libère !

Il est dix-sept heures vingt-deux, maman entre dans ma chambre.

– Alors, ça se présente comment ici ?

Comme je ne réponds pas, elle continue :

– Mais c'est très bien, ça, ton étagère est presque vide et tes cartons sont très bien faits, Silencieuse, parfait !

Elle s'approche tout près de moi en faisant la bouche en cul-de-poule et me dit :

– Mais tu ne serais pas une professionnelle du carton, toi ? Hum ?

Et elle rit en m'ébouriffant les cheveux. Petit Rire Aigu sort de ma chambre. Je joue, j'écoute les bruits de la maison, je me mets en pyjama, c'est l'heure du repas.

Maman nous appelle pour dîner :

– Et ne courez pas dans l'escalier comme d'hab !

On sort de nos chambres, on se retrouve, les frères et moi, dans le couloir. Regards entendus, et c'est parti pour la course. Arrivée sur le palier des toilettes, je regarde au pied de l'escalier les cartons empilés sur le carrelage en damier noir et blanc. Et là, je ne sais pas ce qu'il se passe, ça fait comme un vertige, tout se mélange devant mes yeux, les cartons, les carreaux, je perds l'équilibre et je m'écroule jusqu'en bas.

– Rien de cassé, sœurette ? me demande Joseph.

– Ça va ?

Je veux rassurer Joseph, et Paul, et maman qui s'est précipitée, ça va, je n'ai rien. Je m'assoit sur la dernière marche, ils sont autour de moi, avec les cartons derrière, et l'orage revient, tout doucement, les larmes dans les yeux.

Je les regarde avec douceur, ma maman, mes frères et les cartons derrière.

Je ne veux pas. Ce n'est pas possible de quitter cette maison, de quitter ces moments, de tuer toute cette vie ici. Alors je pleure, normalement, en gémissant avec des sanglots et des hoquets. J'entends un petit son aigu légèrement rauque dans le fond de ma gorge et eux aussi ils l'entendent. Vu les têtes qu'ils font, ils sont abasourdis.

Je lis sur la montre de Joseph qu'il est vingt heures vingt-quatre.

À table, ils parlent beaucoup, surtout de mes pleurs, maman n'en revient pas :

– Oh là là, c'est incroyable, tu as pleuré Alice, et on a entendu ta voix, hein ? Toi aussi ? Tu l'as sentie ?

Je fais oui de la tête, je suis fière. Mais pas autant qu'eux, ils me sourient, ils m'embrassent, ils me félicitent comme si j'avais accompli un exploit extraordinaire alors que j'ai simplement pleuré, après une chute, comme tout le monde. C'est formidable, il faut fêter ça, maman ouvre une bouteille de champagne qu'elle a au frais, elle nous sert, on trinque :

– À Silencieuse !

Puis ils répètent solennellement :

– À Alice !

C'est comme un anniversaire, les bulles brillent dans les coupes, elles éclatent dans nos bouches et nos yeux pétillent.

Maman, Joseph et Paul ne veulent rien de plus. Ils ne me demandent pas de réessayer, ils sont heureux de ce qu'ils ont entendu, comme moi, ça nous suffit.

# 9
# Les fraises de début juillet

Juin, je ne l'ai pas vu passer, il était impatient et trop plein, il avait hâte d'en finir.

Aujourd'hui, on déménage !

Six heures trente et une, je sors du lit et je retrouve les frères et Petit Rire Aigu debout et chiffonnés au milieu des cartons et des meubles démontés.

Cette fois, la maison est un chaos.

Petit déjeuner dans la cuisine-salon. Joseph est déjà en tenue de déménageur – débardeur, jogging, tennis. On voit ses épaules rondes et musclées. Paul, en short et torse nu, finit son chocolat. Maman est froissée des pieds à la tête. Les cheveux ébouriffés, elle porte un tee-shirt délavé, un pantalon usé, et elle affiche un sourire lumineux. Choux lape son lait. On mange des croissants, il fait beau ; entre les feuilles du prunier se cachent des petites boules vertes, Roger n'est pas dans les parages, sûrement dans la grange.

Tulipe et ses parents sont arrivés à sept heures quinze, les copains de Joseph à vingt-cinq et celui de Paul à trente. Café, discussions, directives et agitation générale !

Début du chargement du camion et des autos à sept heures quarante-huit. On commence le ballet du déménagement, les bras chargés, on souffle, on se croise, ça crie du premier étage par la fenêtre, tout est ouvert, ça grince et ça transpire à force d'allers-retours et d'efforts répétés. La maison se désosse, les pièces se libèrent les unes après les autres, les murs sont nus, salis, la poussière se déplace, le vide s'installe. C'est froid et ça résonne.

J'ai aidé, mais j'ai surtout beaucoup regardé, je n'en ai pas perdu une miette. Fin du chargement, midi cinquante-six. Pause. Les parents d'un copain de Joseph arrivent avec de la nourriture, sandwichs, chips, salades composées, l'appétit se fait sentir. On mange dans la cour, les saladiers circulent, les assiettes, le pain…

– Quelqu'un a le Sopalin ?

– J'ai !

– Par ici !

– Passe-moi le vin s'il te plaît. Merci.

C'est jovial et paisible. Je suis à côté de Tulipe, Choux dort dans son panier de transport et Roger, qu'on a fini par retrouver, dans son carton.

Monsieur Séverin arrive avec le café sous les acclamations des déménageurs.

Comme ça dure un peu, avec Tulipe on retourne dans la maison. C'est étrange, le vide, les ombres de nos vies sur les murs ou sur le sol, la poussière, les objets minuscules faufilés dans l'oubli. Un capuchon de stylo, un mouchoir, une barrette, une fourchette, un bouchon…

Ça ne ressemble plus à rien, la vie s'est effacée et Tulipe et moi on explore les espaces, les pièces, on se déplace en tournant, les bras écartés, on se sent libres de bouger dans tous les sens. On danse et je salue ma maison pour la première et la dernière fois.

Au moment du départ, monsieur Séverin nous embrasse en disant qu'on va lui manquer.

Je vois bien que maman est triste même si elle fait son petit rire aigu en lui disant qu'elle reviendra. Les adultes se mentent à eux-mêmes.

Mise en marche des moteurs à quatorze heures cinquante-deux.

Roger n'a pas l'air d'apprécier le voyage en auto. Je le porte dans le carton sur mes genoux, côté passager, maman conduit, le reste de la voiture est plein à craquer de cartons et d'objets. Il fait les cent pas, dans un sens, puis dans l'autre en faisant caca sans arrêt.

L'odeur est épouvantable, les fenêtres sont ouvertes mais j'ai quand même l'impression que je vais vomir tellement c'est insupportable.

– Mets ta tête à la fenêtre ! crie maman en riant.

C'est épique !

La maison est rentrée dans l'appartement ! L'ensemble des meubles, des cartons et nous !

Les amis viennent juste de partir, il est vingt heures cinquante-six, on est ratatinés, vautrés sur le canapé, les uns contre les autres.

– Bon, les enfants, je vais préparer de quoi grignoter… et voilà.

Elle rit. Maman est vraiment fatiguée.

On mange dans le jardin, ce qu'on veut, comme on veut. Il y a des tomates, des chips, du houmous, des cuisses de poulet, du jus de fruit… Le ciel est très bleu, la température douce, Choux somnole sous l'olivier pendant que Roger explore le moindre recoin. Les frères racontent des blagues, maman rit, je me sens bien.

Et là, ça recommence.

Doucement d'abord, un léger malaise, un vertige minuscule. L'atmosphère devient tiède, je regarde mes frères et maman, ils semblent satisfaits de leur journée, de leur nouvel appartement, de ce repas et du chaos autour. Moi aussi je le suis, je le suis vraiment, mais mon souffle se coupe, ça se pince dans ma poitrine et je respire difficilement. Joseph ramène les fraises en faisant le clown et ça s'amplifie.

Paul me regarde, ses yeux pétillent, il ne voit rien.

Vingt et une heures quinze, je n'entends plus rien, mon corps ne répond plus.

Vingt et une heures dix-huit, il se met à pleuvoir, un déluge de boue et de tristesse, vingt et une heures vingt, ça va déborder, ça ne peut pas continuer, ça doit s'arrêter.

– Silencieuse, tu vas bien ? demande maman.

Je me mets à hurler à vingt et une heures vingt-trois exactement.

Ça jaillit, déferle, inonde. L'olivier tremble, la maison vire au violet, les murs se craquellent, les cartons détrempés explosent, les meubles se décomposent, rien n'a de sens.

Maman, Paul et Joseph me regardent, tétanisés. Je crie, leurs prénoms, celui de papa, je dis, je raconte, tout en vrac. Les mots se bousculent dans ma bouche, ça s'entrecoupe de souffles saccadés et de sanglots, en désordre, je ne maîtrise rien, mais le ton y est, l'émotion y est, l'amour et la haine, le prunier, la maison, l'absence, les fleurs, la colère et la solitude. Je me vide de sons, je crois que la ville entière m'entend. Je parle.

Ça dure des milliers d'heures, en suspension.

Je pense que c'est terminé, parce que c'était violent comme un orage du mois d'août après des jours brûlants, parce que je ne voulais pas, parce que je n'aurais pas dû, que personne n'y était pour rien. Je me mets à pleurer, emplie de l'immense tristesse de cinq années accumulées.

Cinq années sans escargots. Il y a du silence autour, un silence blanc.

Maman se décide enfin à bouger, elle me prend délicatement sur ses genoux. Elle chuchote :

– Douce Alice, ma douce Alice, elle répète.

Ce n'était sûrement pas la première fois qu'elle m'appelait Alice, mais c'était la première fois que j'entendais mon prénom résonner de cette façon, comme si j'existais pour la première fois.

Puis elle s'excuse :

– Ce n'était pas une bonne idée… Ce déménagement, ce n'était pas une bonne idée…

Elle nous regarde, épuisée.

– Ben si ! C'était une trop bonne idée, maman ! Carrément ! Hein, Paul ?!… Alice parle, maman ! Ça tue !!!

Joseph me soulève en criant comme les Indiens, ils ont les larmes aux yeux, les frères, ils m'embrassent, ils me félicitent et maman pareil, on pleure et on rit, comme un volcan en éruption, du rire en désordre, ça dure et c'est réel, rien de suspendu, juste là, ensemble.

# 10
# Les pains aux fruits de juillet

Samedi, grasse matinée, le soleil me caresse la joue, j'ai bien dormi.

Paul peint l'homme à trois têtes sur le mur de sa chambre, j'entends le bruit de la petite bille qui cogne dans le métal des bombes de peinture qu'il secoue à côté. Un visage à trois têtes stylisé, un regard de face et un de chacun des profils, comme s'il essayait de voir autour, partout, comme s'il essayait de comprendre. Peut-être qu'à trois on comprend mieux. Je me lève et vais voir Paul et ses petites billes qui tintent. Son graff est presque terminé, c'est beau, gris et noir

sur le mur blanc. Je m'assieds sur son lit, je lui pique un morceau de pain aux fruits sur sa table de nuit et je le regarde peindre. Il est précis, les mouvements de ses bras font comme une danse de serpent, je les accompagne en fredonnant. Joseph se réveille à peine.

– Woooo ! C'est trop beau Paul, ça tue !

Il s'assoit à côté de moi.

– Oui, ça va, dit Paul.

– Ça va pas, c'est génial ! Trop beau ! Tu m'en feras un sur mon mur ?

– Oui, si tu veux.

– Elle est là, 'man ?

– Partie faire des courses, répond Paul.

Rien n'a changé.

On a emménagé depuis quinze jours, Joseph court, Petit Rire Aigu s'affaire, je joue au cadavre exquis avec Paul et j'ai hâte de voir Tulipe, on va passer quinze jours ensemble chez ses grands-parents, à la montagne. Rien n'a changé.

Tulipe adore ma voix, il trouve qu'elle

ressemble à une rivière qui coule sur des galets qui s'entrechoquent. Ça pourrait faire un beau nom d'Indien, « Voix de rivière ».

Mais, pour l'instant, je garde Silencieuse, je l'aime bien.

Ce mot dans la bouche, c'est une confiserie, il se déguste et siffle doucement, et quand on le chuchote, c'est comme un secret qui appartient au passé :

Silencieuse.